MOMO, VIENS FAIRE TES DEVOIRS!
J'AI PAS L'TEMPS!

Du même auteur
dans la collection MOUCHE

Dryade
La baguette qui marchait pas

Loi n° 49.956 du 16 juillet 1949 sur les publications destinées à la jeunesse : octobre 2004
Dépôt légal : février 2005
Imprimé en France par l'imprimerie CCIF à Saint-Germain-du-Puy (18390)

Nadja

Momo

l'intégrale

Mouche

l'école des loisirs

11, rue de Sèvres, Paris 6e

Momo ouvre un magasin
7

Mais qu'est-ce qu'il a, Momo ?
37

Momo fait de la photo
65

Momo ouvre un magasin

ET... ÇA SERT À QUOI ?
MAGASIN
GAGNER DU FRIC

ET... C'EST UN MAGASIN DE QUOI ?
ÇA SE VOIT PAS ?
CHEWING GUM 7€
COQUILLAGES
ETOILE DE MER

QUOI !! UN CHEWING-GUM, 7 EUROS !!
ET ALORS ?
MAGASIN
COQUIL-LAGES
4 500 €
ETOILE DE MER
380 000 $

BEN, C'EST VACHEMENT CHER
T'ES PAS OBLIGÉ D'ACHETER
CHEWING GUM 7€
COQUILLAGES
4 500 €
ETOILE DE MER

MOI, J'TROUVE ÇA CHER, UN CHEWING-GUM, 7€
MAGASIN
POURQUOI TU L'AS COLLÉE SUR UNE PIERRE, L'ETOILE DE MER ?
TOUCHE PAS
COQUILLAGES
ETOILE DE MER

MAGASIN
CHEWING-GUM 7€
COQUILLAGES
MOI, J'TROUVE PAS ÇA TRÈS JOLI. ET TOI ?
C'EST VRAI, C'EST PAS UNE TRÉS BONNE IDÉE

ET PUIS, 380 000 DOLLARS POUR UNE ÉTOILE DE MER COLLÉE, J'TROUVE ÇA CHER
MAGASIN
4 500 €

AGASIN
BANDE DE RATS
CHEWING-GUM 7€
COQUIL-LAGES
4 500 €
ETOILE DE MER
380 000 $

EH MOMO, J'PENSAIS À UN TRUC, AU FAIT...
GASIN
OUAIS...
COQUIL-LAGES
ÉTOILE DE MER

GASIN
T'AURAIS PAS DES CHEWING-GUMS MOINS CHERS ?
COQUIL-LAGES
4 500 €
DE

OUAIS, J'EN AI UN, MAIS IL EST UN PEU MÂCHÉ
QUOI!! TU VENDS DES CHEWING-GUMS MÂCHÉS!!
C'EST DÉGOÛTAN
500 €
ETOILE DE MER
380 000 $

BEN, Si IL EST MOINS CHER, C'EST NORMAL
ETOILE DE MER
ET... iL EST À COMBiEN ?
MOi J'TROUVE ÇA DÉGOÛTANT, LES CHEWING-GUMS MÂCHÉS.

6 EUROS
6 EUROS !!!
ET... IL EST À QUOI

À LA NOIX
E COCO
6 €, UN CHEWING-GUM UN PEU MÂCHÉ, À LA NOIX DE COCO
MERCI, J'AVAIS ENTENDU

PRENDS TON TEMPS, SURTOUT
ETOILE DE MER
TU TROUVES ÇA CHER, TOI ?
ÇA DÉPEND COMBIEN IL EST MÂCHÉ

ET... TU L'AS MÂCHÉ BEAUCOUP?
BEN J'ESPÈRE QUE NON, PARCE QUE 6 EUROS, UN CHEWING-GUM TRÉS MÂCHÉ, MOI, J'TROU-VE QUE ÇA VAUT PAS LE COUP
ETOILE DE MER

BEN NON, SI J'L'AVAIS MÂCHÉ BEAUCOUP, J'LE VENDRAIS PAS 6 €!
TU LE VENDRAIS COMBIEN, PAR EXEMPLE?
ETOILE DE MER

BEN... DISONS... 5 EUROS...
5 EUROS !!
ETOILE DE MER
360 000 $

ALORS?
QU'EST-CE QUE TU EN PENSES?
BEN, IL FAUT QU'IL SOIT ENCORE SUCRÉ; ALORS,
PARCE QU
SINON, 5€, UN CHEWING-G
MÊME PAS SUCRÉ, C'EST NUL
ETOILE DE MER
380 000 €

ÍL EST ENCORE SUCRÉ ?
BEN OUAIS, J'VENDRAIS PAS UN CHEWING-GUM PAS SUCRÉ !
MOI À TA PLACE, J'L'ACHÈTERAIS PAS, MAIS TU FAIS CE QUE TU VEUX.
ETOILE DE MER

BON, D'ACCORD, J'LE PRENDS
TIENS
ETOILE DE MER

ET MES 5 EUROS ?
BEN ! FAUT BIEN QUE J'LE GOÛTE !
ETOILE DE MER

ALORS?
TIENS, J'L'AIME PAS
J'TE L'AVAIS DIT, QUE ÇA VALAIT PAS L'COUP
ETOILE DE MER

IL ÉTAIT COMMENT, LE CHEWING-GUM ?
AGASIN
IL EST MÊME PLUS SUCRÉ, EVIDEMMENT
CHEWING GUM 7€
COQUILLAGES
ETOILE DE MER

PAS MAL, MAIS IL SENTAIT PAS ASSEZ LA NOIX DE COCO
JE VIENS DE PERDRE 5€ !
GASIN
CHEWING-GUM 7€
COQUILLAGES
4 500 €
ETOILE DE MER
300 000 $

AGASIN
COMMENT JE VAIS FAIRE?
CHEWING-GUM 7€
COQUILLAGES
4 500 €
ETOILE DE MER
380 000 $

EH, MOMO, POUR LE CHEWING-GUM, J'AI REFLÉCHI...
MAGASIN
TROP TARD
C'EST FERMÉ

J'AI AUTRE CHOSE À FAIRE QUE DE FAIRE GOÛTER DES CHEWING-GUMS À DES DÉBILES TOUTE LA JOURNÉE
MAGASIN
FIN
MÊME DÉJÀ MÂCHÉS

Mais qu'est-ce qu'il a, Momo ?

Momo est de mauvaise humeur.
Il ne rit pas, il ne desserre pas
les dents.

Il fait tout le temps « non »
avec sa queue.

Il embête ses copines.

Il embête ses copains.

Il mord les éléphants.

Il mord les hippopotames.

Il fait peur aux piranhas.

Il fait des croche-pieds
aux flamants roses.

Il répond à sa mère
très méchamment.

Tout le monde s'inquiète.

Momo en a assez
que tout le monde s'inquiète.

Il va sur une île
où personne ne le connaît.

Pour réfléchir.

Il réfléchit, réfléchit, réfléchit.
Puis il s'endort.

Quand il se réveille,
il se sent tout drôle.

Sur cette île, il n'y a ni éléphants,
ni hippopotames, ni les copains,
ni les copines, ni les piranhas,
ni les flamants roses, ni sa mère.

Alors il revient dans son île.

Il embrasse sa mère.

Il dit bonjour aux flamants roses.

Il sourit aux piranhas.

Il bavarde avec les hippopotames.

Il salue les éléphants.

Il rigole avec les copains.

Il rigole avec les copines.

Momo est de très bonne humeur.

MAIS QU'EST-CE QU'IL A, MOMO?

Et tout le monde s'inquiète.

Momo fait de la photo

Momo a décidé
de faire de la photo.

Il met ses lunettes noires,
il prend son appareil de photo,

et il ouvre son paquet
de chewing-gums à la menthe.

Momo est prêt
pour faire de la photo.

Il photographie les fourmis.

Il photographie Alfredo.

Il photographie Caroline et Pauline.

Il photographie les piranhas.

Il photographie les éléphants.

Il photographie les hippopotames.

Il photographie les flamants roses.

Il photographie tout.

Momo est très content
de ses photos.

Il montre sa photo à Alfredo.

Il montre leur photo
à Caroline et Pauline.

Il montre leur photo
aux fourmis.

Il montre leur photo
aux piranhas.

Il montre leur photo
aux éléphants.

Il montre leur photo
aux hippopotames.

Il montre leur photo
aux flamants roses.

Momo a fini de faire des photos.

Il range son appareil de photo.

Il enlève ses lunettes noires.

Il crache son chewing-gum
à la menthe.

Et il va se coucher,
en pensant à des choses…

Des choses très agréables.

Bonne nuit, Momo.

MOMO, VIENS FAIRE TES DEVOIRS !

J'AI PAS L'TEMPS !